ARLEQUIN MUSARD,

OU

J'AI LE TEMPS,

VAUDEVILLE-PARADE

EN UN ACTE ET EN PROSE,

Par MM. Francis et Désaugiers;

Représenté pour la première fois à Paris, sur le Théâtre du Vaudeville, le 15 Messidor an 12, et jours suivans.

Prix : 1 franc 20 centimes.

A PARIS;

Chez Madame CAVANAGH, Libraire, sous le nouveau passage du Panorama, n.º 5.

1804.

PERSONNAGES.	ACTEURS.
CASSANDRE.	CHAPELLE.
ARLEQUIN.	LA PORTE.
GILLES.	CARPENTIER.
COLOMBINE.	M.lle DESMARES.

ARLEQUIN MUSARD,

OÙ

J'AI LE TEMPS.

SCÈNE Ire

GILLES *seul, une lumière à la main, frappant à la porte de la chambre à coucher de Cassandre.*

Monsieur Cassandre, Monsieur Cassandre ?

AIR : *Malgré moi le sentiment.*

> LUI qui me traitait de sot,
> Comme je vais le surprendre !
> Il faut à l'instant, il faut
> Le réveiller eu sursaut.
> Tôt, tôt, tôt, tôt, tôt, tôt, tôt,
> Levez-vous, Monsieur Cassandre,
> Tôt, tôt, tôt, tôt, tôt, tôt, tôt,
> Pour tomber de votre haut.

CASSANDRE, *en dedans.*

Qui est là ?

GILLES.

Eh ! parbleu ! c'est moi, Gilles ; ne m'avez-vous pas chargé de vous réveiller tous les matins ? Allons, à bas du lit.

CASSANDRE, *en dedans.*

Il fait encore nuit.

GILLES.

J'ai de la lumière.

CASSANDRE, *en dedans.*

Mais, que veux-tu ?

GILLES.

Vous le saurez, vous le saurez. Levez-vous toujours.

CASSANDRE.

Allons, je me lève.

GILLES.

Bon. Ah ! Monsieur Arlequin, vous aimez Colombine ! ah ! Mademoiselle Colombine, vous écrivez à Arlequin !

Je m'étais toujours méfié de ce voisinage-là, moi ; je crains
bien d'avoir mal fait de rompre avec Mademoiselle Argentine. Monsieur Cassandre , dont je suis le Factotum,
a cru devoir me donner sa fille ; et moi je n'ai pas cru
devoir la refuser. D'après cette découverte, pas un moment à perdre ; arrangeons-nous de manière que ce matin tout
soit prêt ; contrat , habits de noces , dot , festin , bal , et
surtout mon portrait , qu'Arlequin a la bonhomie de me
faire. S'il savait à qui je le destine !.... J'ai d'autant
plus beau jeu avec lui , qu'il est d'une négligence , d'une
lenteur dans tout ce qu'il fait !

AIR : De Sophie.

AUPRÈS d'un minois séduisant,
Comme autour d'une table ronde ,
Toujours distrait , toujours musant ;
C'est l'homme le plus sot du monde.
De cent balivernes coiffé ,
Il ne sait s'il dine ou s'il soupe ;
Enfin, j'aurais pris mon café ,
Qu'il soufflerait encor sa soupe.

SCÈNE II.

GILLES , CASSANDRE , *en bonnet de nuit , et en
pet-en-l'air.*

CASSANDRE.

HÉ bien , voyons , qu'y a-t-il ? me voilà.
GILLES.
Il y a ... il y a que vous allez être bien surpris.
Blâmez encore mon activité , ma pétulance , ma fougue.
CASSANDRE , *s'asseyant.*
Allons , parle vite , car je tombe de sommeil.
GILLES.
M'y voici. Emporté au point du jour par ma vigilance
ordinaire, je descendais de chez moi ; ah çà , vous m'é-
coutez ?
CASSANDRE , *bâillant.*
Oui , Oui , parle.
GILLES.
Je descendais donc de chez moi. Arrivé au quatrième
étage, j'apperçois , entre votre porte et celle d'Arlequin ,
cette lettre ; je la ramasse. Jugez de ma surprise en recon-
naissant l'écriture de Colombine. (*Cassandre ronfle.*) Vous
riez ?... De Colombine, vous dis-je. Voyez plutôt. Ils

s'aiment, ils sont d'intelligence. C'est en rentrant hier au soir, qu'Arlequin aura perdu ce billet. Eh ! bien, Monsieur Cassandre, que dites-vous de cette conduite - là ? n'était-ce pas la peine de vous réveiller ? Hem ! ne sentez-vous pas la nécessité de hâter notre mariage ? Mais parlez, parlez donc.

CASSANDRE, *se frottant les yeux.*

Quel singulier rêve !

GILLES.

Ce n'est, parbleu, pas un rêve. Allons, allons, Monsieur Cassandre, vîte, chez le notaire, qu'il dresse le contrat, qu'on le signe, et que cela finisse.

CASSANDRE.

Ah çà, as-tu perdu la tête ?

GILLES.

Je vais vous habiller ; j'ai là tout ce qu'il vous faut.

CASSANDRE.

Songe donc que la matinée est trop fraîche pour mon rhume.

GILLES.

Le manteau.

CASSANDRE.

A peine fait-il jour.

GILLES.

Les lunettes.

CASSANDRE.

A l'heure qu'il est, comment me faire annoncer ?

GILLES.

La perruque.

CASSANDRE.

Et si l'on ne veut pas me recevoir ?

GILLES.

La canne.

CASSANDRE.

Quel diable d'homme !

AIR : *Des portraits à la mode.*

PESTE du notaire et de ton amour !
C'est à mes dépens que tu fais ta cour ;
A me réveiller dès le point du jour,
Je ne sais quel démon te porte.
S'il me faut sans cesse être en mouvement,
Ne pouvoir la nuit dormir un moment,
Presqu'autant vaudrait que, pour mon tourment,
Ma défunte ne fût pas morte.

(*Il sort*).

SCÈNE III.

GILLES, COLOMBINE.

COLOMBINE.

D'où vient donc tout ce bruit ?

GILLES, *à part.*

Colombine ! ... Ne lui témoignons rien.

COLOMBINE.

Où est donc mon père ?

GILLES.

Il sort à l'instant pour une affaire qui m'intéresse beau-
coup, et qui ne souffre pas le moindre retard.

COLOMBINE.

Était-il nécessaire de nous réveiller de si bonne heure
pour cela ?

GILLES.

Il est quelquefois fort bon d'être matinal.

COLOMBINE.

Non content de le tourmenter toute la journée, vous
venez le chercher encore jusque dans son lit.

GILLES.

Cinq heures de sommeil suffisent à l'homme.

COLOMBINE.

Mon père, à son âge, a besoin de repos; vous le tuez.

GILLES.

C'est le repos qui tue... Je ne suis pas comme Monsieur
Arlequin, moi, en amour comme en affaires, je suis toujours le premier aux portes.

COLOMBINE, *à part.*

A la porte.

GILLES.

Air : *Notre meûnière un peu coquette.*

LORSQUE je vais voir une belle,
Chez elle je ne fais qu'un saut.
Quoi ! c'est déjà vous, me dit-elle ?
Vous arrivez toujours trop tôt.

COLOMBINE.

LOIN de vous ressembler, tout prouve
Qu'Arlequin est un peu musard,
Car lorsqu'il doit venir, je trouve
Qu'il arrive toujours trop tard.

GILLES.

En vérité ? vous n'êtes pourtant séparés que par ce mur ; et quand on ne se voit pas, on peut au moins s'entendre.

COLOMBINE.

Aussi nous entendons - nous.

GILLES, *à part, chantant.*

Çà n' dur'a pas toujours. (*Haut.*) A propos, j'oublie d'aller commander mes habits de noce. Aussi ben avais-je besoin de prendre l'air.

COLOMBINE.

Vos habits de noce ?

GILLES.

Sans doute. Je me marie.

COLOMBINE.

Comment ?

GILLES.

Comme un autre.

COLOMBINE.

Avec qui ?

GILLES.

Avec une femme . . . . charmante.

COLOMBINE.

Que vous nommez ? . . . .

GILLES.

Vous le saurez ; mais ne me retenez pas.

COLOMBINE.

Est - ce pour cela que mon père est dehors ?

GILLES, *à part.*

Comme la voilà interloquée ! (*Haut.*) Il faut que je sorte, que je marche, que je me dégourdisse. Adieu.

COLOMBINE.

Un mot.

GILLES.

Je n'ai pas le temps.

AIR : *Ronde du rémouleur et de la meûnière.*

LE besoin de trotter me mine,
Je trotte quand tout Paris dine,
Je trotte quand tout Paris dort.
Nul trotteur à moi ne se frotte,
Et si je m'arrête un instant,
C'est mon esprit qui trotte, trotte ;
Ainsi je suis toujours trottant,
Trotter en tout temps fut mon sort.

SCÈNE IV.

COLOMBINE, *seule.*

IL se marie ; et mon père est sorti pour une affaire qui l'intéresse.... Quel pressentiment ! Et Arlequin , Arlequin , qui , au lieu de partager mes inquiétudes .... Une anec‑ dote , une affiche , une gravure , tout l'occupe , hors le soin de son amour et de notre bonheur. Quelle indif‑ férence !

AIR *Nouveau.*

Toi , dont la funeste lenteur
S'oppose à notre mariage ,
Tu sais que le don de mon cœur
D'une minute fut l'ouvrage.
Quand nous brûlons de nous unir ,
Arlequin , par quel sort contraire
Es‑tu si lent à m'obtenir ,
Toi , qui fus si prompt à me plaire !

SCÈNE V.

COLOMBINE, *chez elle.* ARLEQUIN, *chez lui. Il tient une corbeille où est son café , et la pose sur une table.*

ARLEQUIN.

POSONS mon café sur cette table.

COLOMBINE.

Je suis pourtant bien sûre qu'il m'aime.

ARLEQUIN, *touchant la cafetière.*

Il brûle....

COLOMBINE.

Mais , c'est l'amour de Gilles que je crains.

ARLEQUIN.

Laissons ‑ le refroidir.

COLOMBINE.

Si Arlequin avoit fini le grand tableau qui doit, dit‑il, faire sa réputation et sa fortune , il pourrait demander ma main à mon père.

ARLEQUIN.

Déjà grand jour !

COLOMBINE.

Mais il m'a bien promis de veiller toute la nuit pour l'achever.

ARLEQUIN,

ARLEQUIN.

Comme j'ai dormi !

COLOMBINE.

Puisqu'il s'est occupé de moi , allons, de mon côté , achever son portrait. Je suis son élève, je lui dois les premiers essais de mon talent. (*Elle rentre.*)

SCÈNE VI.

ARLEQUIN, *seul chez lui.*

Voyons ce que j'ai à faire aujourd'hui... Aller dîner à trois heures chez Lélio... A trois heures ? il ne dîne jamais qu'à cinq... Pourquoi donc ?... Ah ! il me connaît, l'ami Lélio... Porter mon grand tableau à l'examinateur , pour l'exposition... Saugodeini !... j'ai oublié... Que dira Colombine ?... Je vais vîte le finir... Mettre à la loterie les numéros que Colombine a rêvés. Est-ce que c'est aujourd'hui ? voyons. (*Il prend un calendrier.*) Comment , le quinze ! c'est le jour du tirage. Courons vîte. (*Il s'arrête.*) C'est qu'il y va de ma fortune et de la main de Colombine... C'est encore elle qui m'a donné ces tourterelles... aussi j'en prends un soin... Ah ! mon Dieu ! elles n'ont rien à manger... Tenez , tenez , mes petits amis... comme ils sont jolis ! (*Il veut sortir et revient.*) Et ces fleurs ?... encore un présent de ma bonne amie... arrosons - les.

SCÈNE VII.

ARLEQUIN, *chez lui.* COLOMBINE, *chez elle.*

COLOMBINE.

Le temps passe , et Arlequin ne paraît pas.

ARLEQUIN.

Adieu , charmantes fleurs... adieu , gentilles tourterelles. (*Aux fleurs.*) Soyez toujours fraîches... (*Aux tourterelles.*) Vous , toujours fidelles , et vous me rappelerez toujours Colombine. Adieu.

SCÈNE VIII.

COLOMBINE, *seule.*

Voila son portrait fini ! il doit ressembler ; car je l'a fait d'inspiration. Et celui de mon père. Oh ! qu'il m'a été doux de rapprocher ainsi les deux êtres qui m'intéressent le plus !

B

SCÈNE IX.

COLOMBINE, *chez elle.* ARLEQUIN, *chez lui.*

ARLEQUIN.

5... 5... oh ! il y a 5... mais les autres diables de numéros !... Depuis neuf jours aussi que je dois les mettre.

COLOMBINE.

J'entends Arlequin.

ARLEQUIN.

Heureusement j'ai encore le temps. Attendons que Colombine soit éveillée, elle me les dira.

COLOMBINE.

Je chante ordinairement pour lui faire entendre que je suis seule. Donnons-lui le signal.

ARLEQUIN.

Mais il me semble les avoir écrits... Cherchons. (*Il fouille dans le secrétaire.*) Dans tous les cas, je les mettrai au tirage prochain.

COLOMBINE.

AIR : *En affaire ainsi qu'en voyage* , (de M. Musard.)

PROFITONS de notre jeune âge ,
Le Ciel n'est pas toujours serein ;
Tâchons de prévenir l'orage ,
Ne remettons rien à demain.

ARLEQUIN *cesse de chercher.*

C'est la voix de Colombine.

COLOMBINE , *continuant de chanter.*

LA fortune est une coquette
Qui ne cède qu'en résistant.
Malheur à l'amant qui la guette ,
S'il laisse échapper le moment !
Elle s'envole , et l'infidelle
affectant un sourire malin ,
Lui dit , en agitant son aile :
Ne remettez rien à demain.

ARLEQUIN.

Elle est sans doute seule ; courons... (*Il sort.*)

COLOMBINE.

Il va venir. Cachons vîte ce portrait ; car il l'occuperait plus que le danger qui nous menace. (*Elle cache le tableau.*)

SCENE X.

COLOMBINE, ARLEQUIN.

COLOMBINE.

AH ! vous voilà à la fin.

ARLEQUIN.

Comment ! à la fin !... je n'ai eu que le temps de caresser mes tourterelles, d'arroser mes fleurs, et de prendre mon café.

COLOMBINE.

Oui ? eh bien ! pendant ce temps-là, Gilles est venu réveiller mon père au point du jour, l'a envoyé je ne sais où ; mais je tremble que ce ne soit chez son notaire, car il est question de mariage, d'habits de noce ; et si tu m'en croyais, tu irais t'en assurer.

ARLEQUIN.

Bah ! où veux-tu que j'aille ?

COLOMBINE.

Chez le notaire.

ARLEQUIN.

Où demeure - t - il ?

COLOMBINE.

Rue Saint - Honoré.

ARLEQUIN.

Numéro ?

COLOMBINE.

69.

ARLEQUIN.

Je vois cela... à côté d'un marchand de comestibles.

COLOMBINE.

Justement........

ARLEQUIN.

Magasin bien assorti.

COLOMBINE.

Oui ; mais.

ARLEQUIN.

On y vend d'excellens macaronis.

COLOMBINE.

C'est bon.

ARLEQUIN.

C'est délicieux.

COLOMBINE.

Tu demanderas Monsieur Legros.

ARLEQUIN, *sortant lentement.*

J'y cours.

COLOMBINE.

Sur-tout, ne traverse pas le jardin du Palais....

ARLEQUIN.

Pourquoi ?

COLOMBINE.

Tu t'y arrêtes toujours.

ARLEQUIN.

Peut-on faire autrement, quand on lit à chaque pas :
Lisez-moi... Faites attention.... On vous en impose... Prenez
garde à vous... Allons dîner. Cela intéresse tout le monde.

COLOMBINE.

Allons, va-t-en.

ARLEQUIN.

Et d'ailleurs, c'est un séjour enchanté.

AIR : *Du vaudeville de Florian.*

« QUE d'objets attrayans je vois
» Dans ce jardin brillant et riche !
» En talens, bijoux et minois,
» Chaque jour du nouveau s'affiche ;
» De plaisirs toujours renaissans
» Dans ce palais l'or est la source ;
» Mais pour n'y perdre que mon temps,
» Je n'y porte jamais ma bourse ».

COLOMBINE.

Tu ne veux pas t'en aller ? Eh bien ! reste.

ARLEQUIN.

Allons, allons, ne te fâche pas. Tiens, une épingle
qui te pique. (*Il lui ôte une épingle.*) Je m'en vais.

COLOMBINE.

Enfin.

ARLEQUIN, *revenant.*

Mais non, non, avant de demander ta main à ton père,
je veux m'être bien établi dans son esprit.

COLOMBINE.

Mais il te connaît depuis trois ans.

ARLEQUIN.

Ce n'est pas trop.

AIR : *Du vaudeville du Bucheron.*

« DE l'affaire qu'on précipite
» Le succès n'est jamais certain ;
» L'impatient qui court trop vîte,
» Risque de tomber en chemin :
» Le sage lentement s'avance.
» En affaire, en amour sur-tout,
    » Trop de pétulance
    » Gâte tout.

COLOMBINE.

Quelle tranquillité ! Et tu m'aimes ?

ARLEQUIN.

Mademoiselle, vous en avez des preuves, j'espère.

COLOMBINE.

As - tu pensé seulement à achever cette nuit ton grand tableau, qui peut nous être si utile ?

ARLEQUIN.

Hai ! hai ! hai !

COLOMBINE.

A mettre à la loterie les numéros que j'ai rêvés ?

ARLEQUIN.

A propos, je les ai oubliés.

COLOMBINE.

Comment, depuis huit jours !... et c'est aujourd'hui... Quelle heure est-il ?

ARLEQUIN.

Quels sont les numéros ?

COLOMBINE.

5. 17. 33. Cours donc vîte, ou il ne sera plus temps.

ARLEQUIN.

Je savais bien que le 5 en était. Courons.

COLOMBINE.

Eh ! sois ici avant le retour de mon père et de Gilles.

ARLEQUIN, *revenant.*

Comment veux-tu les jouer ?

COLOMBINE.

Comme tu voudras ; mais va-t-en.

ARLEQUIN.

Je vais les écrire, car je les oublierais encore.

COLOMBINE.

Quoi ! 5. 17. 33 ?

ARLEQUIN.

Allons, tu vas encore te fâcher. Je m'en souviendrai ; mais du moins qu'un baiser soit le présage de mon bonheur.

COLOMBINE.

Il sera le prix de ta diligence. Vole et reviens.

ARLEQUIN.

Tu me refuses ?

COLOMBINE.

Neuf heures vont sonner.

ARLEQUIN.

Ah ! mon Dieu ! mon Dieu !

AIR : *Du Lendemain.*

» LOTERIE importune,
» Qui m'exposes follement

» A manquer ma fortune,
» Si je perds un instant ;
» Quand donc une loi plus sage
» Te permettra-t-elle ! enfin ,
» De remettre ton tirage
» Au lendemain. »   *Il sort.*

COLOMBINE, *seule.*

Comme il m'aime , et comme il est aimé ! (*Elle accroche le portrait à côté de la porte du fond.*) C'est mon père qui m'aide à cacher mon amant.

SCÈNE XI.

COLOMBINE, *chez elle.* ARLEQUIN, *chez lui.*

ARLEQUIN.

CUEILLONS avant une rose pour ma Colombine ; je la lui offrirai , à mon retour , en échange de la lettre qu'elle m'a écrite hier. (*Il se fouille.*) Mais qu'en ai-je donc fait ? ... Oh ! si elle était tombée entre les mains de Gilles ou de Monsieur Cassandre ! ... Il me semble pourtant que je l'avais hier soir.... ce matin encore.

COLOMBINE.

Je le tourmente souvent ; mais sans les inquiétudes que Gilles me donne , je serais la première à rire de son défaut.

ARLEQUIN.

Non , non , je ne l'ai pas vue ce matin. Cherchons dans ma chambre. (*Il entre dans sa chambre.*)

SCÈNE XII.

COLOMBINE , CASSANDRE , *chez lui.*

CASSANDRE.

OUF ! ... je suis rendu.

COLOMBINE, *à part.*

Mon père ! que va-t-il m'apprendre ?

CASSANDRE.

Mais enfin , voilà une affaire terminée. (*En posant sa canne et son chapeau, il apperçoit son portrait.*) Ah ! ah ! mon portrait ! c'est bien , ma fille , je te remercie de cette attention. (*Il l'embrasse.*) Mais j'ai enfin songé à toi , moi.

COLOMBINE, *à part.*

Je tremble.

CASSANDRE.

Je sors de chez le notaire.

COLOMBINE.

De chez le notaire ?

CASSANDRE.

Oui , ma fille. Allons, réjouis-toi , je te marie.

COLOMBINE

A qui , mon père ?

CASSANDRE.

A notre ami Gilles.

COLOMBINE.

A Gilles ! mais il aime Mademoiselle Argentine.

CASSANDRE.

La fille de Pantalon ? . . . il n'y pense plus. Tu lui
tournes la tête, et j'espère maintenant qu'il ne me tour-
mentera plus.

AIR : *Décacheter sur ma porte.*

« LE jour, la nuit ton image ,
» Dans l'espoir du mariage ,
» Le tenait éveillé ;
» Mais puisque le voilà marié ,
» Il dormira davantage ».

Je vais prendre quelques instans de repos, et à mon réveil,
nous signerons le contrat. (*Il rentre.*)

COLOMBINE.

Eh bien ! Arlequin me croira-t-il maintenant ? ... Quel
parti prendre ? Vîte , un mot. Peut-être une fois convaincu
du malheur qui nous menace , se hâtera-t-il de le prévenir.
(*Elle écrit.*)

SCÈNE XIII.

COLOMBINE, *chez elle.* GILLES, *chez* ARLEQUIN.

GILLES.

AIR : *Du pas redoublé.*

« SI mon portrait est ressemblant ,
» Quelle joie est la mienne !
» Mais Arlequin certainement
» M'attrapera sans peine.
» N'allons pas l'instruire trop tôt
» Du malheur qu'il doit craindre ,
» Et laissons-lui le temps qu'il faut
» Pour m'achever de peindre ».

SCENE XIV.

COLOMBINE, *d'un côté écrivant.* GILLES et ARLEQUIN, *de l'autre.*

ARLEQUIN, *sans voir Gilles.*

Elle n'y est pas.

GILLES.

Ah ! vous voilà ? Vous avez l'air bien triste... Je viens prendre ma dernière séance.

ARLEQUIN, *de même.*

Quelle tête !... Voyons dans quels endroits j'ai été hier.

GILLES.

Où me placez-vous ?

ARLEQUIN, *de même.*

A Mont-Martre. Delà j'ai été....

GILLES.

Mais où est donc mon portrait ?

ARLEQUIN, *de même.*

A la Ménagerie... et j'ai dîné....

GILLES.

Trouvez-vous qu'il ressemble ?

ARLEQUIN, *de même.*

Au Veau qui tète.

GILLES.

Ah ! quel homme ! quel homme !

ARLEQUIN, *de même.*

Mais ne l'ai-je pas laissée chez Colombine ?

GILLES.

Allons, muse, muse.

COLOMBINE, *glissant la lettre sous la porte de communication.*

Glissons mon billet sous cette porte ; à son retour, il le trouvera. Allons maintenant m'assurer si mon père dort. (*Elle sort.*)

ARLEQUIN, *appercevant Gilles.*

Je suis à vous dans la minute.

GILLES, *le retenant.*

Vous ne sortirez pas. Il faut que j'emporte mon portrait dans l'instant.

ARLEQUIN, *à part, appercevant le papier que Colombine a glissé sous la porte.*

Ah ! voilà ma lettre. (*Haut.*) Je reste.

GILLES.

GILLES.

A la bonne heure.

ARLEQUIN.

Mais je cherche la position que vous aviez hier... (*Il le fait asseoir.*) Tournez un peu la tête.

GILLES.

Comme cela ? Hem ! l'avez-vous trouvée ?

ARLEQUIN *ramasse la lettre.*

Je la tiens.

GILLES.

Bon, en ce cas, commençons, et dépêchez-vous.

ARLEQUIN.

Je n'ai plus qu'à vous corriger.

AIR : *de la Croisée.*

« POUR la coëffure, elle est au mieux.

GILLES.

» Ce soir même je me marie.

ARLEQUIN.

» Je vais fermer un peu vos yeux.

GILLES.

» Ma future est vraiment jolie.

ARLEQUIN.

» Vous avez le nez assez long.

GILLES.

» C'est qu'elle a l'esprit si précoce !

ARLEQUIN.

» Mais vous avez un trop grand front.

GILLES, *allant regarder son portrait.*

» Le beau présent de noce ! »

ARLEQUIN.

Asseyez-vous donc.

GILLES.

C'est bien, c'est bien.

ARLEQUIN.

Je veux vous donner encore quelques coups....

GILLES.

Non, non, l'intention suffit. Ma future s'en contentera.

ARLEQUIN.

A propos, dites-moi donc, comment la nommez-vous?

GILLES.

C'est Mademoiselle Argentine.

ARLEQUIN.

Vrai ?

GILLES.

Foi de Gilles. (*A part.*) Compte là-dessus. (*Il emporte le tableau.*)

ARLEQUIN, *seul.*

Je savais bien, moi, que Colombine avoit tort. Le voilà donc retrouvé ce billet chéri ; il ne me quittera plus... Eh mais, ce n'est pas celui que j'ai perdu.

SCÈNE XV.

ARLEQUIN, *chez lui.* GILLES, *chez Cassandre.*

GILLES, *son portrait à la main.*

PERSONNE ?

ARLEQUIN.

Il est aussi de Colombine.

GILLES.

Elle est sans doute dans le cabinet ; voyons. (*Il regarde par le trou de la serrure.*)

ARLEQUIN, *lisant.*

« Mes craintes étaient fondées. Viens, mon père dort. » Ne perds pas une minute, il serait trop tard ».
Toujours la même ! n'importe, allons.

GILLES.

Le papa dort encore.

ARLEQUIN, *revenant.*

Non, depuis qu'elle a écrit cette lettre, Monsieur Cassandre doit être réveillé.

GILLES.

Comme il ronfle ! Frappons.

ARLEQUIN.

Et mes numéros que j'oublie. (*Il fait quelques pas et revient.*) Mais avant de sortir, de peur de perdre encore cette lettre, serrons-la dans ce tiroir.

SCÈNE XVI.

ARLEQUIN, *d'un côté.* GILLES et COLOMBINE, *de l'autre.*

COLOMBINE, *croyant que c'est Arlequin qui a frappé.*

EST-CE toi ?

GILLES.

Moi-même.

COLOMBINE, *à part.*

Gilles !

ARLEQUIN, *en ouvrant son tiroir.*

Ah ! son collier de perles que j'ai commencé depuis six semaines !

GILLES.

Vous me voyez à vos pieds.

ARLEQUIN.

Il n'en est pas plus avancé ; achevons-le.

GILLES.

Permettez-moi, Mademoiselle, de vous offrir le portrait de votre futur époux.

COLOMBINE.

Je ne veux ni de l'original, ni de la copie.

GILLES.

Acceptez du moins le portrait en faveur du peintre.

COLOMBINE.

Que voulez-vous dire ?

GILLES.

C'est l'ouvrage d'Arlequin.

COLOMBINE.

Comment, il savait que c'était pour moi ? (*A part.*) Le traître !

ARLEQUIN, *travaillant toujours.*

Bon, çà va bien.

GILLES.

Si vous en doutez, voici une lettre qu'il m'a chargé de vous rendre, et qui achevera de vous convaincre.

COLOMBINE, *à part.*

C'est la mienne. Vengeons-nous du perfide.

ARLEQUIN, *regardant le collier.*

C'est très - bien fait.

COLOMBINE.

Gilles, j'accepte votre portrait.

GILLES, *à part.*

Elle est à moi.

ARLEQUIN, *se levant.*

Voilà qui est fini.

GILLES.

Quel bonheur !

ARLEQUIN.

Cela ne tient pourtant qu'à un fil... Courons lui porter mon petit présent. (*Il sort.*)

SCÈNE XVII.

COLOMBINE, GILLES, ARLEQUIN, *chez Cassandre.*

GILLES, *aux pieds de Colombine.*

AIR : *à la façon de barbari.*

« PERMETTEZ qu'un baiser mignon,
» Sur ces doigts que j'adore,
» Imprime un faible échantillon
» Du feu qui me dévore.
» Me refuseriez-vous déjà
» Cette faveur-là !

ARLEQUIN, *entrant.*
» Eh ! mais le voilà.

GILLES.
» Ne suis-je pas votre mari !

ARLEQUIN, *le frappant avec sa batte.*
» Biribi ,
» A la façon de barbari ;
» Mon ami.

GILLES.

Insolent !

ARLEQUIN.

Faquin !

GILLES.

Tu me frappes !

ARLEQUIN.

Tu me trompes !

GILLES.

De quel droit ?

ARLEQUIN.

Sors d'ici.

GILLES.

Je suis chez moi.

ARLEQUIN.

Pas encore.

GILLES.

Elle est ma femme.

ARLEQUIN.

Impossible.

GILLES.

Je l'épouse ce soir.

ARLEQUIN.

J'ai son cœur.

GILLES.

J'aurai sa main.

ARLEQUIN.

Jamais.

GILLES.

Le contrat est dressé.

ARLEQUIN.

On le déchirera.

GILLES.

J'ai la signature du père.

ARLEQUIN, *le rossant.*

Voici la mienne.

GILLES.

C'est une horreur, une attrocité, une trahison, un guet-à-pens.

SCENE XVIII.

Les Précédens, CASSANDRE.

CASSANDRE.

AIR : *Eh quoi ! tout sommeille.*

« QUEST-CE à mon oreille,
» Lorsque je sommeille ,
» Maudit butor ,
» Tu viens crier encor ?
» D'où vient ce tumulte !

GILLES.

» Ce drôle m'insulte.

ARLEQUIN.

» Il m'a trompé.

GILLES.

» Chez vous il m'a frappé.

CASSANDRE.

» Messieurs , à votre âge,
» Mon bouillant courage
» Eût d'un tel outrage
» Terrassé l'auteur.

GILLES.

» Vous allez apprendre
» Si d'un vrai Cassandre
» Votre futur gendre
» N'a pas le cœur.

ARLEQUIN et GILLES.

» Aux Champs-Elysées,
» Nos armes croisées,
» De cet affront
» Vengeront notre front.
» Mais courons bien vite ,
» Car mon sang s'irrite.

ARLEQUIN.

» Sortez.

GILLES.

» Partez.

ARLEQUIN.

» J'y consens.

GILLES.

» Moi, j'attends. »

ARLEQUIN, *en sortant, s'arrête à la vue du portrait de Cassandre.*

Votre portrait, Monsieur Cassandre ?

CASSANDRE.

Oui ; mais ce n'est pas le moment...

ARLEQUIN.

Savez-vous qu'il est très-ressemblant ?

GILLES, *bas à Cassandre.*

Prétexte pour ne pas se battre.

CASSANDRE.

Partons.

ARLEQUIN, *décrochant le tableau.*

Un instant, que je le voye de plus près.

COLOMBINE, *bas à Arlequin.*

Prends donc garde...

GILLES, *appercevant le portrait d'Arlequin.*

Que vois-je ? Monsieur Cassandre ? Monsieur Cassandre ?
Il y a quelque chose là-dessous.

CASSANDRE.

Le portrait d'Arlequin !

ARLEQUIN.

Mon portrait ! oh ! ma bonne amie !

GILLES.

Vit-on jamais trait plus noir ?

CASSANDRE.

Que signifie cela ?

GILLES.

Eh , parbleu, qu'ils s'aiment.

COLOMBINE.

AIR : *Trouverez-vous un parlement.*

« C'EST en tremblant , que près de vous
» D'Arlequin j'ai tracé l'image ;
» Mais ce rapprochement si doux
» Du bonheur m'offrait le présage.

GILLES.

» Ce tableau n'aura pas l'effet
» Que votre Arlequin en espère ;
» Dans tout cela, vous n'aurez fait
» Que lui mettre à dos votre père.

(*Arlequin lui donne un coup de batte.*)

GILLES.

Encore ?

CASSANDRE.

C'en est trop.

GILLES, *à part.*

Esquivons-nous. (*Il sort.*)

ARLEQUIN.

Adieu , ma bonne amie.

CASSANDRE , *le poussant tout-à-fait en dehors.*

Au Diable.

COLOMBINE , *retenant Cassandre.*

Mon père , ne les quittez pas ; tâchez de les réconcilier.

CASSANDRE.

Les réconcilier ! ... Je les suis, mais c'est pour être témoin du combat. L'honneur parle , il suffit.

SCÈNE XIX.

ARLEQUIN, *chez lui.* COLOMBINE, *chez elle.*

ARLEQUIN.

ME battrai-je à l'épée, ou au pistolet ?

COLOMBINE.

Il va exposer sa vie pour moi... Il m'aime encore. Otons ce portrait qui m'importune. (*Elle emporte le portrait de Gilles.*)

SCÈNE XX.

ARLEQUIN *seul , chez lui.*

L'ARME blanche ne me convient pas. J'aime mieux les pistolets ; chargeons les miens... Voilà une balle qui m'est peut-être destinée... La singulière invention ! ... Un peu de poudre , un peu de plomb... Ai-je du papier pour bourrer ? Voyons. (*Il cherche dans son secrétaire.*) « Chanson à Colombine... Reconnaissance du mont-de-piété... Phénomène très-curieux... Mémoire du traiteur. » (*Il le déchire avec ses dents , et bourre son pistolet.*) Bourrons.... Voilà qui est fini ; partons. (*Il fait quelques pas et revient.*) Et mes affaires, que deviendront-elles , si je ne reviens pas ! Mettons-y ordre. (*Il s'assied à son secrétaire.*) Allons, mon testament. (*en cherchant du papier , il trouve le journal, et le parcourant.*) Ah ! ah ! Monsieur Musard aujourd'hui ! J'irai.

AIR : *La comédie est un miroir.*
« C'EST un tableau vif et léger,
» Où l'esprit s'unit à la grace ;
» Il aurait dû me corriger
» Par les vérités qu'il retrace.
» Mais ce défaut, peint avec art,
» A si bien le secret de plaire,
» Que plus je vois Monsieur Musard,
» Plus je chéris mon caractère ».

SCÈNE XXI.

ARLEQUIN, *chez lui.* COLOMBINE, *chez elle.*

PERSONNE ne paraît....

ARLEQUIN.

Allons nous battre et louer une loge ; j'y menerai Colombine et son père ; il me saura gré de cette petite galanterie. (*Il sort.*)

COLOMBINE.

Chaque minute accroît mon inquiétude....

SCÈNE XXII.

COLOMBINE, GILLES, *entrant précipitamment.*

GILLES, *à part.*

BON, ils sont partis.

COLOMBINE, *l'appercevant.*

Gilles.

GILLES.

Mademoiselle, Arlequin m'attend, et je vole au combat.

COLOMBINE, *à part.*

Si je pouvais l'occuper...

GILLES, *à part.*

Si elle pouvait me retenir !

COLOMBINE.

J'ai à vous parler.

GILLES.

Impossible, l'honneur m'appelle.

COLOMBINE.

Un mot....

GILLES, *regardant la pendule.*

Dépêchez-vous ; car le rendez-vous est pour 9 heures, et il est 9 heures 5 minutes.

COLOMBINE.

C O L O M B I N E.

Vous aimez Argentine ?

G I L L E S.

Moi !

C O L O M B I N E.

Je le sais.

G I L L E S, *à part.*

Bon ! 6 minutes. (*Haut.*) Qui vous l'a dit ?

C O L O M B I N E.

Argentine elle-même.

G I L L E S.

Quand ?

C O L O M B I N E.

Tout-à-l'heure.

G I L L E S.

Elle vous trompe.

C O L O M B I N E.

C'est vous qui me trompez.

G I L L E S, *à part.*

Sept minutes.

C O L O M B I N E.

Il y a promesse de mariage.

G I L L E S.

Verbale.

C O L O M B I N E.

N'importe, cela m'inquiète.

G I L L E S.

Que faut-il pour vous rassurer ?

C O L O M B I N E.

Une lettre de rupture.

G I L L E S.

Sur-le-champ. (*A part.*) 8 minutes.

C O L O M B I N E.

Voici du papier, une plume.

G I L L E S.

Voulez-vous dicter ?

C O L O M B I N E.

Ecrivez, vous-même.

G I L L E S, *écrivant.*

Soit.

C O L O M B I N E, *à part.*

Je gagne du temps.

G I L L E S, *à part.*

Neuf minutes.

D

C O L O M B I N E, *à part.*

Si Arlequin pouvait revenir !...

G I L L E S, *à part.*

Si Arlequin pouvait se lasser d'attendre.

C O L O M B I N E *regarde la pendule pendant que Gilles écrit.*

(*A part.*) 10 minutes.

G I L L E S.

J'ai fini.

C O L O M B I N E.

Me voilà plus tranquille.

G I L L E S.

Plions et cachetons.

C O L O M B I N E.

Bon.

G I L L E S.

Je vole maintenant. (*A part.*) 12 minutes.

C O L O M B I N E.

Encore un mot.

G I L L E S.

Impossible.

C O L O M B I N E.

Vous avez le temps ; Arlequin est si musard...

G I L L E S.

Il y a encore loin.

C O L O M B I N E.

Vous , qui courez toujours.

G I L L E S, *jouant la surprise.*

Ah ! mon Dieu ! 13 minutes ! Que pensera-t-il de moi ?

C O L O M B I N E.

Je dirai que c'est moi qui vous ai retenu.

G I L L E S.

Vous me rassurez.

C O L O M B I N E , *le retenant.*

Vous reviendrez sur-le-champ m'apporter des nouvelles du combat.

G I L L E S.

Oui ; mais ne me retenez pas. (*A part.*) 14 minutes ! bon.

C O L O M B I N E.

Vous n'avez pas mis l'adresse.

G I L L E S.

A propos. (*Ecrivant.*) « A Mademoiselle Argentine. » Croyez-vous maintenant à mon amour ?

C O L O M B I N E.

Oui , mais durera-t-il ?

GILLES, *à part.*

Quinze minutes... Courons chez le notaire.

SCÈNE XXIII.

COLOMBINE, *seule.*

Courons chez le notaire ! Lui, qui était si pressé... Allons,
je crois que Gilles n'est pas un adversaire à craindre.

AIR : *Il est des amusemens.*

« Quoi ! d'une vaine frayeur,
» Mon ame était donc atteinte.
» Ah ! je sens que dans mon cœur
» L'espoir succède à la crainte.
» Plus de tristesse, plus de plainte,
» Nous allons renaître au bonheur.
» Oui, je sens là,
» Je sens là
» Une voix qui me répète :
» Ton Arlequin reviendra.
» Bannis ta frayeur secrette ;
» Du danger qui t'inquiette,
» L'amour le préservera. »

Lisons ce que Gilles écrit à Argentine. Joli style ! ...
Mais ne pourrais-je pas ? ... Quelle idée ! J'entends mon
père, déchirons vîte l'adresse.

SCÈNE XXIV.

COLOMBINE, CASSANDRE, ARLEQUIN, *un cadre
sous le bras et des pistolets à sa ceinture.*

COLOMBINE.

C'est Arlequin.

CASSANDRE.

Vous avez beau dire, Monsieur, ce retard est impar-
donnable.

ARLEQUIN.

Mais vous voyez bien que mon intention...

CASSANDRE.

Comment ! après avoir croqué le marmot pendant une
heure aux Champs-Elysées, impatienté de ne voir arriver
personne, je reviens sur mes pas ; et, en passant par la
rue de l'Echelle, j'apperçois Monsieur qui s'amuse à mar-
chander un cadre.

ARLEQUIN, *esseyant le cadre au tableau.*

Quand j'y serais arrivé plutôt, qu'y aurais-je fait, puisque Gilles n'y était pas ?

CASSANDRE.

Oh ! lui , par exemple , je voudrais bien savoir comment il se justifiera.

ARLEQUIN, *occupé du cadre.*

Il ira bien.

COLOMBINE, *à Cassandre.*

Il sort d'ici.

CASSANDRE.

Que venait-il faire ?

COLOMBINE.

M'apporter cette lettre.

ARLEQUIN, *arrangeant toujours le cadre.*

Il est simple.

CASSANDRE.

Une excuse , sans doute. . . .

ARLEQUIN, *de même.*

Mais bien doré.

CASSANDRE.

Voyons. (*il lit.*) « Mademoiselle , ne comptez plus sur » moi ; j'en épouse une autre. Votre pére , c'est un bon- » homme , qui prendra la chose comme il voudra. C'est un » riche parti ; et si je le refusais , je serais un sot. »

GILLES.

COLOMBINE, *à Arlequin.*

A quoi t'amuses-tu là ?

ARLEQUIN.

Donne-moi un marteau.

CASSANDRE.

Qu'ai-je lu ? Le traître ! . . .

COLOMBINE, *bas à Arlequin.*

Ma ruse réussit.

ARLEQUIN.

Quelle ruse ?

CASSANDRE.

Ruse pour ne pas se battre , le lâche ! Lisez , lisez , Arlequin.

ARLEQUIN, *frappant les clous avec la crosse de son pistolet.*

Tout-à-l'heure , je suis à vous.

CASSANDRE.

Il refuse ma fille , à présent.

ARLEQUIN.

Bah ! (*Il continue à frapper.*)

CASSANDRE.

Je lui prouverai que qui refuse. . . .

ARLEQUIN.

Muse.

C O L O M B I N E, *bas à Arlequin.*

Profite de sa colère.

C A S S A N D R E.

Ah ! je suis un bonhomme ; nous allons voir. (*Il remplit le contrat.*) Arlequin, vous aimez ma fille ?

A R L E Q U I N.

Si je l'aime !

C A S S A N D R E.

Venez signer le contrat.

A R L E Q U I N.

Je n'ai plus qu'un clou à mettre.

C O L O M B I N E, *bas à Arlequin.*

Gilles va revenir.

C A S S A N D R E.

Je vous donne ma fille.

C O L O M B I N E, *bas à Arlequin.*

Il le désabusera.

A R L E Q U I N.

Me voilà. Comme cela vous relève un tableau !

C A S S A N D R E.

Signez , signez donc.

C O L O M B I N E, *bas à Arlequin.*

Tu vas nous perdre.

A R L E Q U I N.

Quelle pétulance ! Allons , je signe.

C O L O M B I N E.

Ah !

C A S S A N D R E.

C'est bien heureux.

A R L E Q U I N, *tenant la plume.*

A I R : *J'arrive ici de Rome.* -- (De Santeuil et Dominique.)

« Plume , frivole emblème
» De la légéreté ,
» Sois-le pour que j'aime
» De la fidélité.
» Toi , qui , chez tant de belles ,
» Fis voltiger l'amour ,
» Viens , en t'arrachant de ses ailes,
» Le fixer à son tour.

Colombine va pour fermer la porte.

SCÈNE XXV.

Les Précédens, GILLES.

GILLES.

VOILA la liste. Qui veut voir la liste ?

COLOMBINE.

Tout est perdu...

ARLEQUIN.

La liste ! Je vous l'avais bien dit. Voilà dix mille francs perdus pour une signature.

GILLES, *à Arlequin.*

Comment ! vous, ici, Monsieur ? Depuis une heure que je suis sur le champ de bataille.

CASSANDRE, *à part.*

Le fourbe !

ARLEQUIN, *à Gilles.*

Il est encore temps. Partons.

GILLES.

Oui, Monsieur, partons. (*Il va au fond du Théâtre, prend les pistolets d'Arlequin, qui sont sur une table, en souffle l'amorce, et crache dans le bassinet.*)

ARLEQUIN, *voulant embrasser Colombine.*

Adieu, ma petite Colombine.

COLOMBINE.

Tu ne m'as jamais aimée.

ARLEQUIN.

Ah ! je ne t'ai jamais aimée ! Et ce collier que j'ai fait exprès pour toi ?... Attends, que je l'attache moi-même à ton col, et que j'y prenne ma récompense. (*Il l'embrasse.*)

CASSANDRE, *appercevant Gilles.*

Que vois-je ? Le lâche ! il souffle l'amorce.

GILLES, *à Cassandre.*

Il embrasse votre fille.

CASSANDRE.

Il embrasse sa femme.

GILLES.

Sa femme ! (*Gilles, en tirant le bras d'Arlequin, casse le collier.*

ARLEQUIN.

Allons, voilà toutes les perles par terre. (*Il les cherche et les ramasse.*)

CASSANDRE.

Ne compte plus sur sa main.

GILLES.

Comment , Monsieur Cassandre.

CASSANDRE.

C'est un parti pris.... Sortez...

GILLES, *à part.*

Ouf !.... Colombine m'échappe , courons vîte chez Argentine.

CASSANDRE.

Arlequin , viens signer le contrat.

ARLEQUIN, *cherchant par terre.*

Ai-je tout ramassé ?

COLOMBINE.

Eh ! oui , oui.

ARLEQUIN.

Allons , je signe. (*Regardant par terre.*) Tiens , en voilà encore une. (*Il signe.*)

CASSANDRE.

Soyez heureux , mes amis ; et faites-moi bientôt renaître dans mes petits-enfans.

ARLEQUIN.

Bientôt.... bientôt... Nous sommes jeunes.

CASSANDRE.

C'est pour cela que...

ARLEQUIN.

Que nous avons le temps.

VAUDEVILLE.

CASSANDRE.

AIR nouveau.

» Par ce ridicule systême ,
» Seras-tu donc toujours bercé !
» Auprès de la femme qu'on aime ;
» Peut-on être trop empressé !
» En musant, mon cher, tu t'exposes
» A plus d'un funeste hasard ;
» On n'a que l'épine des roses ,
» Quand on veut les cueillir trop tard.

ARLEQUIN.

» Un mari, jaloux de sa femme,
» Furtivement rentre un matin ;
» Il surprend l'amant de la dame,
» Vite, il met l'épée à la main.
» Pour l'infidelle qu'il adore ;
» Il meurt, et c'est sa faute ; car
» Le pauvre époux vivrait encore,
» S'il était arrivé plus tard.

COLOMBINE, *au Public*.

» Avant nous, une main habile
» A peint en grand notre héros.
» Messieurs, d'un petit Vaudeville
» Voyez en petit les défauts.
» Mais si la critique sévère
» Se rappelle un autre *Musard*,
» Hélas ! Arlequin, pour vous plaire,
» Craint bien d'être arrivé trop tard. »

FIN.

9 782019 979119